Juste avant d'éteindre

Du même auteur

Scandales ! Scandales ! Scandales !, JC Lattès, 2008.

Tout est musique, La Librairie Vuibert, 2012.

L'enfer aussi a son orchestre, avec Pierre-Emmanuel Dauzat, La Librairie Vuibert, 2015.

Moi aussi j'ai vécu, Flammarion, 2020.

Hélios Azoulay

Juste avant d’éteindre

éditions du
ROCHER

Éditions du Rocher
28, rue Comte Félix Gastaldi – BP 521 – 98015 Monaco

www.editionsdurocher.fr

ISBN : 978-2-268-10572-7
EAN Epub : 9782268105918

à Laurent Berliner

UN

un

Il ne pleut pas, il dégouline. Ce n'est pas un ciel. C'est une flaque d'encre noire.

En dessous il y a un enfant. Il a renoncé à pleurer. En échange, il tâtonne quelques mots. *C'est là ? C'est là où on va ?* Et moi, je le regarde avancer malgré ses habits plombés de flotte, malgré les gouttes qui tombent de ses cheveux ou celles qui s'accrochent au bord des boucles, malgré son nounours plein d'eau comme une éponge. *On est arrivé ? C'est là ? C'est là, Maman ?* La question s'échoue encore. J'étais à côté d'eux, j'aurais pu aider, j'aurais pu dire *Oui* mais je n'ai plus la force de répondre à aucune évidence. Personne.

En face de nous, les murailles sont de la même indifférence.

Depuis qu'on nous a jetés sur le quai d'une gare à quelques kilomètres d'ici, il y a trois ou quatre heures, un rouleau de peuple s'étire et s'épuise le long d'une route grise et aphone.

Les poteaux télégraphiques qui longent la chaussée sont comme des grandes barres de mesure.

Et ces mesures sont surchargées de toutes nos peurs. Et de tellement de tout, et tout est tellement entassé, les enfants, les mères, les pères, les vieux. Chacun se piétine dans l'autre. Chaque sac pèse une vie, chaque valise pèse tout ce qu'on a dû abandonner.

Donc, c'est là.

Tout devant, les premiers sont avalés par une grande porte, une grande gueule qui troue la citadelle. De loin, lui doit avoir cinquante ou soixante ans. Il porte un chapeau melon. La couleur de ses yeux et de ses cernes se barbouille dans le même rond noir. À sa gauche, il y en a un plus jeune, c'est peut-être le plus grand de tous. Il se tient droit et a relevé sa casquette pour regarder, avant d'entrer, les ombres errantes en haut de la muraille. Plus près de moi, il y a une vieille qui ne peut avancer qu'en s'hypnotisant dans les pas de celui qui la précède. Son sac est si lourd qu'il a l'air de vouloir la mettre à terre. C'est son mari, le vieux au manteau gris. Son dos est courbé comme une canne à pêche à deux doigts de casser.

C'est impossible de les dire tous, on est mille peut-être, et de raconter celui qui pousse un chariot, celui qui le tire, et la petite qui tient la main de sa mère, et la mère dont toutes les mains sont prises, et le père qui cache ses larmes et se sert de la pluie pour les confondre, pour ne pas se faire prendre.

Le rouleau s'achève au fond du paysage. L'horizon ne va pas assez loin.

Croyez-moi, j'ai tout essayé. S'il devait y avoir un chant ce matin, il serait terrassé par le silence des juifs qui usent leurs chaussures sur la terre d'un sol mille fois ressassé, consentant comme toujours à tout accompagner. Car jamais le sol ne se soulève.

deux

Les maisons de cette ville étaient penchées, un peu affalées l'une sur l'autre. Elles donnent l'impression de tenter de se protéger, elles aussi, de cette pluie qui nous crache au visage.

Pas de lumière aux fenêtres. Des vitres sales, parfois des visages, gris sur fond gris. Tout a la couleur de ces moisissures qu'on trouve dans le coin des murs humides.

Un des soldats allemands qui nous escortaient, fusil en bandoulière, s'est mis à brailler d'un seul coup *Schneller ! Schneller !* Ce con était aussi trempé que nous. Il avait beau hurler, on ne pouvait pas aller plus vite. Les trois quarts étaient des vieillards dans ce convoi. Si tous ces vieux se mettaient à presser le pas, en admettant qu'ils puissent le faire, la moitié finiraient le nez dans la boue.

Finalement, quand il a compris qu'il beuglait pour rien, il a fini par la fermer, et le ciel a continué à lui pisser sur le casque.

Sur une place, se débattait un immense arbre noir complètement brûlé. C'était récent, la foudre avait dû lui faire regretter ses cinq siècles d'humilité en moins d'une seconde. Maintenant, c'était trop tard. Ça faisait de la peine de le voir ainsi, lutter pour rien.

Malgré tout, c'était le plus beau dans ce décor.

trois

Le convoi a commencé à ralentir.

Une petite fille emmitouflée dans plusieurs couches de manteaux est sortie du rang pour me doubler. Elle s'est mise à courir avec un sac trois fois plus lourd que son âge et a disparu quelques mètres plus loin. Je n'ai pas vu son visage.

À l'avant, ça s'asphyxiait pour passer sous le porche d'une vieille caserne.

Elle a perdu un petit mouchoir bleu ciel. Il est tombé de sa poche, à bout de force.

quatre

Ils ont fait plusieurs groupes. Dans le mien, on était peut-être une centaine. Uniquement des hommes. On a suivi un des flics du ghetto. Je n'en avais jamais vu avant, des juifs qui, en plus de l'étoile et d'une casquette à bande jaune, ont le privilège de la matraque. Ils nous ont regroupés dans une salle trop petite pour nous accueillir tous. Je me suis retrouvé sur le pas de la porte, nez à nez avec l'un d'eux.

Il était plus petit que moi, plus jeune, et promenait son regard autour de lui, excédé par le brouhaha. J'ai essayé, *Pardon, on fait quoi ici ?* Il a répondu sans me regarder. *On va vous le dire, le mieux c'est de se taire.*

Je me suis mis sur la pointe des pieds. Mes yeux se sont frayés un chemin jusqu'à une grande table derrière laquelle se tenaient trois hommes. Le flic a gueulé dans mon oreille *Silence, silence ! SILENCE !* Un des types s'est levé de sa chaise.

Chacun d'entre vous, les uns après les autres, vous allez vous présenter à moi ou à l'un de mes adjoints, ça n'a pas d'importance, nous allons vous donner... Silence !

Nous allons vous donner à remplir un formulaire. Vous le ferez ici, à cette table. Pas de paroles inutiles. Remplissez soigneusement ces papiers... Silence! Remplissez soigneusement ces papiers et vous ne perdrez pas de temps. Lorsque vous aurez fini, vous ressortirez dans le couloir et vous attendrez les instructions. Allons-y!... Silence!

Timidement, les plus proches ont pris le stylo qu'on leur tendait et se sont penchés sur un chef-d'œuvre de paperasserie que seuls les Allemands sont capables de produire. On allait en avoir pour des heures.

Je me suis assis sur ma valise.

Le premier visage à s'incruster dans ma rêverie était celui d'un huissier de justice qui était venu nous rendre visite quand j'étais petit. J'avais ouvert la porte, il se tenait les jambes écartées, pipe à la main, avec un grand manteau noir, des lunettes rondes, un chapeau gris, impeccable, et sa petite mallette de certitude sous le bras. Sous le menton pendait du gras de cochon. Son col de chemise voulait l'étrangler. Qu'est-ce qu'il était moche! Je l'ai détesté. Il a ouvert la bouche pour vomir une question. *Ils sont là tes parents?* Je me souviens de l'absence de mon père, mais ma mère était là. Je l'ai laissée toute seule avec le gros jambon.

Quand j'ai entendu ma mère qui pleurait sur le palier, je suis revenu. Je me suis caché derrière la porte.

Gros tas ! Gros tas de caca ! Gros moche avec ton gros gras tout mou ! J'avais huit ans, je l'aurais tué, ça aurait été super qu'il meure là, sur le palier, *comme un caca de pigeon*. J'ai supplié Dieu de toutes mes forces puisqu'il est partout. Sauf que Dieu n'a jamais mis les pieds dans mon enfance. Il était tellement de partout qu'il était partout ailleurs.

Je ne fais que mon métier, madame, il a dit. L'huissier, pas Dieu.

Nous les juifs, si on en est là aujourd'hui, c'est parce que toute l'Allemagne *ne fait que son métier*. Parce que derrière tout homme qui ne fait *que son métier*, il y a un nazi.

Il n'y a qu'un seul métier, c'est le métier d'homme. Il n'y en a pas d'autre.

Et d'ailleurs, c'est quoi ton métier pourri qui fait pleurer les mamans ? Je ne pouvais pas parler fort derrière la porte, mais avec mes mots j'étais en train de mordre son gros cul de gros monsieur de la justice qui n'existe pas.

cinq

Je ne sais pas combien de temps je suis resté sur ma valise à infuser ma vieille histoire. La salle était presque vide. Ça sentait le manteau mouillé.

C'était mon tour. J'ai écrit mon nom, j'ai écrit ma date de naissance, mes parents, j'ai écrit ma dernière adresse à Prague. Tout ce qu'ils voulaient savoir. J'ai coché Juif.

Profession, j'ai écrit COMPOSITEUR. Tout en majuscules. Et en appuyant bien. Pour faire chier ce con de Carl Orff. Ça ne m'étonnerait pas que ce soit lui qui soit chargé de vérifier tout ça. On confie toujours aux arrivistes l'humiliation de la paperasse, c'est le revers d'entomologiste de la gloire.

six

Après ça, visite médicale. Cinq par cinq on est entrés dans une salle peuplée de blouses blanches. *Déshabillez-vous !*

On a tout enlevé sans discuter. Inutile de parlementer avec les nazis. Pendant des années, les imbéciles à la tête des nations européennes s'étaient assis déjà domestiqués à la table des négociations. Tout était prêt. Jusqu'au bel acte manqué de se laisser envahir.

Nu face à d'autres, l'homme est à ras de terre. Je me sentais aussi pathétique qu'un chimpanzé en frac dans un cirque où le rire se trompe toujours de côté. J'ai gardé ma casquette, et j'ai mis les mains pour cacher mon sexe.

Un des toubibs s'est agacé, *Montrez ça !*

Je pensais que ce con avait vu ce qu'il voulait voir, mais il a ordonné *Soulevez la queue ! Montrez les couilles !* Là, je me suis dit que si les Allemands, en plus de vérifier nos bites, étaient scrupuleux au point de se mettre à compter nos couilles, on avait peut-être une chance de gagner la guerre.

Je n'ai pas osé regarder mais je priais pour qu'un de mes camarades n'en ait qu'une. Parce que tatillons comme sont les nazis, il suffirait d'une couille en moins dans leur addition pour faire vaciller leur conception du monde, et toute leur philosophie ancestralement binaire, qui n'a jamais su compter que jusqu'à deux.

sept

Il fait bientôt nuit, la journée s'est passée de moi.

On a récupéré nos valises. *Numéro 8917*, la mienne. Et mon cœur a éclaté, et ma tête. Ma valise, elle était trop légère. Elle était quasiment vide. *J'avais tout pris ! Mes partitions, mes manuscrits, j'avais tout pris, j'avais tout sauvé, ma musique, j'avais tout pris !* Je n'ai même pas essayé de l'ouvrir, je ne pouvais pas le faire, je n'avais jamais tremblé comme ça.

J'ai vite compris que je n'étais pas le seul à avoir été volé. Certains hommes qui se croyaient encore respectables se sont jetés sur les flics pour protester. Ça n'a servi à rien. Je ne crois pas avoir déjà vu plus inutile et plus désespérant qu'un juif à qui on vient de tout voler. Et qui a le toupet de s'en indigner.

Il a suffi d'un avertissement dans la langue de Goebbels pour obtenir instantanément le calme. Recouverts de silence, nous sommes sortis de la caserne par groupes de vingt ou trente.

À l'exception de quelques réverbères allumés, la ville était dans le noir. Il ne pleuvait plus. On a remonté une grande rue et nous avons pénétré dans une petite maison sans lumière. L'air vibrait d'un essaim d'hommes et de femmes qui devaient vivre là. Nous sommes montés jusqu'au grenier. C'était plein. *Avancez, il reste de la place au fond!*

Mes yeux ont fini par voir.

Des vieux. Partout. Se grelottant les uns sur les autres. Une odeur de merde infecte. J'ai marché sur un grand-père ligoté par le froid, au sol, entre le sommeil et la mort, qui n'a pas réagi. Les châlits étaient tous occupés. J'ai cherché une place par terre. Je suis allé vers le fond en enjambant d'autres malheureux qui macéraient sous des couvertures minces comme des mouchoirs.

Il y avait une femme, je crois que c'était une femme, toute petite, qui se cramponnait à une des poutres comme au mât d'un bateau, comme dans un naufrage. Elle renversait la tête, bouche ouverte, pour essayer de distinguer les nouveaux venus. Tout d'un coup, elle s'est mise à affabuler vers un pauvre type occupé à planter sa canne entre deux lames du parquet. J'ai trouvé de la place à côté de lui. J'ai improvisé un plumard de misère avec la couverture qu'on m'avait donnée et je me suis allongé en serrant ma valise contre la poitrine.

J'ai glissé mes doigts à l'intérieur. Il n'y avait plus rien. C'est fini. Je me suis frappé les tempes et le front avec les poings. J'ai pleuré sans faire de bruit. Comme à l'orphelinat. Et j'ai dormi comme ma première nuit là-bas. Sans savoir quand ça arrive, et comment tout s'écroule.

huit

On rêve sans reculer.

dans le village il y a une cloche qui sonne, le son fait trembler une feuille sur une branche au sol, c'est ma feuille, à quatre pattes je la fixe en fronçant les sourcils de toutes mes forces, ma mère m'appelle pour dîner, elle se penche vers moi, Si tu ne viens pas ton père va mourir, *je ne réponds pas, je fais des grimaces de rat, quand je me retourne elle est déjà partie, je me dirige vers la maison, je sais que tout le monde m'attend, la maison est vide, la marmite à soupe est renversée par terre, j'entends la cloche qui résonne au fond de la marmite, je regarde à l'intérieur, il y a une carte du ciel qui brille, la constellation des soupirs, le sol sursaute, il se met à pleuvoir des poutres immenses, je mets la casserole sur ma tête, je m'enfuis en courant, toute la maison a disparu, je suis dans une forêt d'arbres mous, il y a un orchestre qui joue la fameuse polka berlinoise, dès qu'ils m'aperçoivent les musiciens jouent de plus en plus fort pour me faire peur, le piano roule à toute vitesse vers moi, je cours je cours, le pianiste a rajouté un volant au piano, il roule de plus en plus vite,* Je vais te mordre, *ils ont disparu, je suis tranquille, mon père apparaît assis dans son fauteuil, il porte un uniforme de gendarme,* Je vais partir au Brésil mais il ne faut pas que tu pleures Tu es grand maintenant Les grands ça pleure pas J'ai laissé un peu d'argent dans la grande malle jaune, *je sais que je ne vais jamais le revoir mais je suis serein, il quitte la pièce, je veux me lever pour l'embrasser, un nazi m'attrape par les cheveux, il me traîne dans toute la pièce en criant,* Danse le juif On va mourir en dansant On va mourir et tu viens avec moi voir la mort On va écouter du clavecin Vous les juifs vous aimez le clavecin, *mon fils rentre,* Papa quand est-ce qu'on va à la foire, *je suis dans la bibliothèque, je trempe ma main droite dans un seau d'encre de chine,* Papa quand est-ce qu'on va à la foire, *avec le bout de mes doigts je trace des grandes portées,* Va voir maman je suis en train d'écrire, *pour faire les notes je crache sur le papier, j'ai une technique avec ma langue, je peux cracher des accords très complexes, je compose, mon père est sur le balcon, il me sourit,* Tu veux venir mon fils parce qu'après ce sera trop tard, *il tape sur la rambarde du balcon pour imiter le son d'un gong, on rigole tous les deux, ça sent*

Et on se réveille épuisé de ce galop dans le vent des mirages.

neuf

Il m'a fallu des semaines avant de tout admettre. J'ai pensé à me suicider. Un après-midi, je suis allé inspecter du côté du bastion pour voir ce que ça ferait de sauter de là-haut. Je suis allé le plus au bord possible. Les autres stagnaient à deux ou trois, fumant quelques mots sur le froid glacial.

Le ciel s'était transformé en rideau de théâtre, et il n'y avait rien derrière. Inutile d'essayer de savoir, inutile d'imaginer, autant se battre contre le brouillard en le giflant à coups d'éventail.

Je ne parle à personne depuis mon arrivée. Je ne peux plus supporter la contrefaçon des mots. Ce n'est pas vivable de les entendre ici ausculter le néant. Je ne peux plus supporter de les voir marcher dans le vide. Et que feront-ils, mes pauvres juifs qui parlent, le jour où ils regarderont sous leurs pieds ?

Moi, je veux tomber. Je ne veux pas du mensonge et encore moins des pots-de-vin de l'espoir. Je veux tomber tout de suite.

J'ai regardé en bas. Au pied des murailles, ils avaient planté de solides piquets dans le sol, et s'enroulant autour, des barbelés.

Mais l'anarchie ! N'importe comment, un vrai bordel ! Tout sauf du travail d'Allemand ! D'où j'étais, on aurait dit des gros cheveux gras que le vent avait amenés là.

Avant de venir, j'avais tout imaginé. Je m'étais dit, je vais sauter, je vais me fracasser sur le sol et voilà, ce sera fini tout ça, toute cette merde, toutes ces babioles qu'on s'échange. Mais en voyant l'incohérence de leurs barbelés, j'ai été déçu. Pour moi, les barbelés ont toujours été l'ornement principal de la culture allemande. Comment se fait-il que ce soit un tel foutoir, avec tous les beaux défilés carrés qu'ils sont capables d'organiser ?

C'est ça qui m'a convaincu de ne pas sauter. En tout cas, que sauter était une fausse bonne décision. Mourir « sur une idée des nazis », bien droite, bien tendue, bien raide, je l'aurais volontiers accepté. Mais là, sur ce foutoir, jamais ! Rien à foutre.

Et puis je suis sûr qu'on appellerait le même gars qui avait fait ce travail d'amateur pour venir me désemberlificoter. Ça me faisait de la peine pour lui, ça me gênait. C'est du savoir-vivre. On ne demande pas forcément à un génie des nœuds d'être capable de les défaire.

dix

Il faudra un jour réinventer la mémoire. La mienne passe des heures à me labyrinther de salle en salle, à me projeter des films que je n'ai pas vécus. Je ne vois pas où elle veut en venir, je ne la comprends plus.

Parce que, quand mon père est mort, ça n'a pas pu se passer comme ça. Ça ne se passe pas comme ça chez nous, chez les juifs, quand quelqu'un meurt.

C'est loin, j'avais dix ans. J'entends un kaddish pour l'enterrement. J'ai dans l'oreille la voix du vieux cantor de la synagogue. C'était un ancien ténor de l'Opéra, paraît-il. Un très ancien, j'imagine. Un vibrato à donner le mal de mer. Mon père n'était sûrement pas son premier mort. Pour moi, oui.

Je tenais la main de ma mère. Tout le monde autour avait mis sa tête de cimetière. À part nous, le seul que je revois pleurer pour de vrai, c'est notre propriétaire. C'est lui qui avait tout payé pour l'enterrement. Depuis des années, il avait pris l'habitude de nous rendre visite toutes les semaines pour réclamer ses cinq ou six éternels mois de loyers en retard. Avec le temps, mon père avait sympathisé avec lui.

Je reconnaissais sa façon de taper à la porte, sept petits coups un peu autoritaires. J'allais ouvrir en courant. Dans le couloir de l'appartement, je criais *C'est le propriétaire, Papa !* Chacun de ces rendez- vous autorisait mon père à déboucher une bouteille de liqueur de prunes. Je l'entends encore en train d'affiner ses convictions que je crois uniques sur les liens associant endettés et endetteurs. Aujourd'hui, je dirais même que c'est une des rares choses qu'il m'ait vraiment léguées, sa passion de la dette.

« Si la pauvreté n'est pas un grand privilège, elle m'aura tout de même valu d'avoir la joie de vous connaître, cher ami. Non, je n'exagère pas, c'est un privilège. Toutes les semaines votre visite, nos discussions. Je vous dois de l'argent, c'est vrai, et c'est vrai aussi que je ne peux pas vous rembourser à l'heure qu'il est... À la vie ! *L'Chaim*, comme on dit chez nous ! *L'Chaim*, cher ami !... Devoir de l'argent est une bénédiction que les riches n'ont pas. Et cet argent que Dieu a mis entre vous et moi, n'est pas un obstacle à l'amitié, mais son ciment. Dieu, le vôtre ou le mien quelle importance d'ailleurs (le propriétaire était un goyim passionné de culpabilité, un excellent catholique), Dieu ne se trompe pas, il sait ce qu'il fait. Il sait que nous sommes frères. Il sait que vous vous surpassez de patience, et il sait que je me surpasse aussi, il sait que je dois prendre mon courage à deux mains pour vous demander une petite avance, si c'est possible... *L'Chaim! L'Chaim!...* Nous nous sommes rencontrés, cher ami. L'amitié sera toujours plus forte que toutes les dettes. Si seulement tout le monde avait notre sagesse. Si tout le monde savait bâtir, comme nous l'avons fait, un lien aussi fort, l'argent ne serait pas le poison qu'il est entre la plupart des hommes... Laissez-moi vous resservir, je vous prie. Chez vous le vin est le sang du Christ, non ? Eh bien ma petite liqueur de prunes est sa salive ! C'est Dieu qui parle ce soir. Et puis la langue ne serait pas dans la bouche s'il fallait parler sans boire ou boire sans parler. Allez mon ami, *L'Chaim!...* »

En moins d'une bouteille, mon père avait converti le propriétaire qui l'embrassait comme un frère. Les larmes au bord des yeux, il fouillait dans sa poche pour lui tendre quelques billets. Mon père, qui possédait l'art admirable de refuser avec noblesse ce qu'il allait accepter la seconde d'après, le raccompagnait au pied de l'immeuble. Là, il prenait sa petite liasse et l'ami de Papa rentrait chez lui la tête sous le bras, haleine inexcusable.

Papa trinquait encore dans ma tête quand j'ai sursauté sur une glissade vocale du ténor à la retraite. J'ai regardé autour de moi. Tout le monde pleurait d'être triste.

Comment est-il possible de croire en Dieu à ce point, et de chanter faux à ce point? Il poussait comme un fou avec sa gorge, il était à deux doigts de réveiller mon père avec sa pétoire.

Moi aussi à la chorale de l'école je chantais faux. Mais exprès. Pour qu'on me repère dans le lot. Je n'aime pas les chœurs, tout le monde chante pour se planquer derrière l'autre.

Donc après tout, le cantor savait peut-être ce qu'il faisait. C'est pas idiot. Il y a tellement de synagogues sur cette terre, tellement de monde qui meurt, que si on veut avoir une chance que Dieu jette un coup d'œil, le mieux c'est de se faire remarquer, non?

J'ai encore un peu pleuré le soir après l'enterrement. Dans ma chambre, je jouais avec ma toupie. Je la mettais sur la paume de ma main. Ça ne dure presque rien, elle s'arrête tout de suite.

Un matin, j'avais fait remarquer à Papa que quand on pleure, les larmes partent de l'œil, font un petit arc de cercle, et finissent sur la commissure des lèvres.

Et que c'est drôle d'imaginer que les larmes arrosent pile l'endroit précis de la bouche qui sert à sourire.

Après l'école, le jour même de ma découverte, j'avais écrit un petit poème, *Le chemin des larmes*. Les larmes qui abreuvent les lèvres, qui irriguent le rire, et le rire montre les dents, et les dents montrent le squelette, et le squelette montre la mort, et donc la mort c'est un gâteau avec des larmes et du rire. Je l'avais lu dans la cuisine avant le dîner. Mon père avait ri.

Il était fier, il avait dit que j'étais intelligent comme un philosophe géant qui fait des bonds d'île en île.

onze

Je suis retourné plusieurs fois ne pas me suicider. J'ai tout calculé, tout inventorié. J'aurais pu en tirer un livre. Je l'aurais appelé *Anatomie de la chute*.

douze

On m'a relégué dans un bureau de l'administration juive. On était une trentaine d'hommes, assis toute la journée. Je recopiais en double exemplaire une copie en double exemplaire de l'original de la copie en double exemplaire. Tous les soirs la pile de papiers avait fondu, tous les matins elle était de nouveau là. C'était mythologique. J'avais dû voler le feu sans m'en rendre compte pour me retrouver enchaîné ici, à jouer les Prométhée de troisième classe.

Heureusement la calligraphie est une drogue. Je m'appliquais comme un moine. Je faisais divaguer ma plume dans des majuscules interminables. Comme si ma vie en dépendait. D'ailleurs ma vie en dépendait.

J'échangeais parfois quelques mots avec mon voisin de bureau, binoclard jusqu'au délire. Il écrivait si près de la feuille qu'à la fin de la journée son nez était noir. Les clowns naissent où ils peuvent.

C'était un ancien maître d'école. C'est-à-dire une vie à parler tout seul dans la même direction, et à poser des questions qui ne peuvent souffrir que vos propres réponses. Une fois à la retraite, c'est foutu. D'indiscuté, on se croit indiscutable.

J'ai eu la faiblesse de lui dire que j'étais compositeur. Il a été un peu submergé par l'information. Ses yeux se sont ouverts derrière ses verres comme une bouche de poisson qui baise désespérément la paroi de l'aquarium. Il a bégayé quelques *ah, oh, bien sûr, la musique*, mais a voulu garder l'ascendant sur le sujet en déballant ce qu'il pensait être l'Alpha et l'Oméga de la question artistique. Insupportable. Il m'a parlé comme s'il s'adressait à ses élèves. Le nom de Wagner a surgi après trois phrases. Il était allé à Bayreuth dans sa jeunesse. Il s'est mis à chuchoter. *Nos frères juifs ignorent la complexité du sujet. On ne doit pas confondre l'homme et l'œuvre. Mais vous le savez mieux que moi, vous qui êtes musicien. C'est Hermann Levi qui a dirigé la première de* Parsifal. *Preuve que le sujet est d'une extraordinaire complexité. Il est incontestable que Wagner ait été antisémite. Mais si l'homme est condamnable, l'œuvre, et nous serons d'accord…*

— PAS DU TOUT!

Il a sursauté. On ne l'avait jamais interrompu en pleine leçon.

Depuis que nous travaillions ensemble, j'étais resté sur les eaux de la courtoisie. Mais là, cet assemblage décourageant de banalités a fait sauter un barrage. Je l'ai submergé.

Mais comment est-ce qu'on peut, tous ici, en être arrivé là pour entendre des stupidités pareilles ? Vous devriez retourner le rocher des lieux communs, c'est fascinant ce qui grouille en dessous. Wagner est un con. Dans sa vie et dans son œuvre. N'importe qui, décidant d'assommer les hommes avec douze heures de son, mettra le monde à ses pieds. C'est arithmétique. On n'aime pas Wagner parce que c'est grand, on aime Wagner parce que c'est gros. Parce que c'est de l'accumulation. Une accumulation qui abolit tout jugement. Comme les cathédrales, ces records du monde d'architecture. Les colonnes, les ogives, les vitraux pour analphabètes, l'orgue. L'orgue ! La seule raison pour laquelle je rentre dans une église, et la première pour laquelle j'en sors. Des fugues de quatre cents kilos, vous appelez ça de la musique, j'appelle ça du pouvoir. Mais vous avez le droit de ne pas être d'accord avec moi, cela ne me dérange pas puisque c'est moi qui ai raison (il en a suffoqué, le vieux maître). *D'ailleurs si je cherchais Dieu, j'irais partout sauf dans une cathédrale. Vous verrez, un jour je ferai publier une petite annonce dans la presse :* « CAUSE ENCOMBREMENT, HOMME DE GOÛT ÉCHANGE CATHÉDRALE CONTRE CABANE. » *Au moins dans une cabane, tu ne te fais pas engloutir. Du reste, Wagner sait ce qu'il fait. Il n'y a que ses préludes ou ses ouvertures qui sont supportables. C'est la bouche, la porte d'entrée. Mais attention une fois là-dedans, tu es littéralement digéré* (il s'est réfugié dans sa pitance de papiers, il me faisait pitié mais je n'arrivais plus à m'arrêter). *Moi, je revends toutes ses chevauchées au prix d'une petite berceuse yiddish que j'ai entendue l'autre jour. Et je fais une bonne affaire. Et puis je pense qu'on reconnaît la justesse de ses goûts à la gueule de ceux qui les partagent avec nous. Je n'ai pas envie de me retrouver dans la même loge qu'Hitler à l'opéra. Bayreuth, vous dites ? Il faut avoir vu les wagnériens là-bas faire la queue pour avoir une idée de la véritable misère. Pardonnez-moi cher monsieur, mais j'ai trop d'oreille pour entendre uniquement la musique de Wagner. Moi, j'entends son projet... Vous me suivez ?*

Il ne me suivait pas. On ne répond pas à l'océan.

treize

Je ne parle plus.

Je ne compose plus. Ce temps n'existe plus. Ces allers-retours de l'oreille au papier, du papier à l'oreille, du papier au piano, du piano au pianiste, c'est un temps de rassasié.

Si quelqu'un m'a vu ici, il racontera peut-être un homme en train de courir après une pauvre feuille de papier que le vent s'amuse à exiler. Je les ramasse toutes. Je les déchire minutieusement, et j'en garde un petit fragment. Un lambeau étroit comme une île, où je peux écrire quelques mots.

C'est comme une discipline. Dès que j'ai mon maigre bout de papier, j'affole mes yeux jusqu'à ce qu'un détail m'arrête. Et je note. Ce que je vois, ce que j'ai devant moi, ce que mes yeux attrapent, ce qu'il me reste entre les dents. Des petites phrases.

J'écris debout.

Il n'y a pas de détails, il n'y a que des preuves. J'en ai les poches pleines.

quatorze

Depuis quelque temps, toutes les nuits un vieil homme, je ne l'avais jamais remarqué avant ça, a pris l'habitude de m'arracher une tranche de sommeil. Il tape d'abord doucement sur mon épaule pour me faire revenir à la surface, et déroule en chuchotant les noms et prénoms d'inconnus. Parfois dix, parfois vingt, parfois beaucoup plus.

Sa tête se penche sur mes yeux à peine ouverts. Sur son nez se cramponnent de vieux binocles. Il me frôle quasiment. La première fois, je me suis mis en colère.

— *Qu'est-ce que vous voulez ?*

— *Ce sont des noms.*

— *Oui mais c'est qui ?*

— *C'est la liste de ceux qui sont morts aujourd'hui.*

— *Mais qu'est-ce qu'il vous arrive, monsieur ? Laissez-moi dormir !*

— *Je vous laisserai dormir, mais laissez-moi terminer. Vous devez les retenir.*

— *Vous êtes complètement fou, je ne peux pas les retenir. Je me souviendrai simplement que je les ai tous oubliés, c'est tout.*

Je l'ai laissé faire. Il articulait, précis comme avec une sonde. Je n'ai jamais su où il trouvait ces noms, ni même si c'étaient véritablement ceux des morts.

Ce rituel durait depuis quelques semaines quand hier, en échange de ma mémoire, je lui ai tendu une vieille boîte de conserve dans laquelle j'avais scellé tous mes petits bouts de papier.

— *Puis-je vous demander un service ?*

— *Avec plaisir, cher monsieur.*

— *Pouvez-vous garder ça pour moi, pour après ?*

— *Mais certainement. C'est léger ! C'est vide ?*

— *Non.*

— *Il y a quoi à l'intérieur ?*

— *Des petits papiers, ce que j'écris, ce que je vois ici, c'est le journal de mes yeux, en quelque sorte.*

— *Le journal de mes yeux. C'est beau. Ce sont des poèmes ?*

— *Je ne crois pas, mais presque, peut-être, ou des photos sans appareil photo, je ne sais pas.*

Ça lui a fait silence. Il a souri.

— *Je m'en charge, je vous le promets.*

DEUX

c'est mes jambes je cours en haut de la colline la forêt fait paysage avec le ciel je ne connais rien de plus dissonant que cette évidence irréconciliable, vert et bleu les gros nuages glissent lentement moutonniers se font gratter le ventre par la triste chevelure d'un hiver sans neige

je me suis échappé, je ne sais pas comment j'y suis arrivé mais j'y suis arrivé, je me suis échappé

il fait froid je suis à découvert, je cours ma veste s'ouvre le vent m'habille d'une chemise glacée le sol d'herbe mouillée est secoué de petits tas de terre marron et sale il faut que j'arrive là-haut je cours le chaud de ma gueule ouverte envoie les signaux de fumée d'une locomotive

ça y est

je regarde une dernière fois derrière moi *ils sont pas là* au sol, un carré de fougères déprime dans un presque orange sans éclat et m'oblige à faire de grands pas vers le haut j'ai l'air d'un héron terrorisé oubliant qu'il sait voler j'ai peur à ras bord

bon sang de moucheron dans la narine

je m'arrête les arbres la couleur hésite
entre un vert d'uniforme et un gris désintéressé presque
pas de feuilles juste les branches

pardon, c'est ridicule, je ne sais pas comment dire
je m'attendais à être accueilli mais les arbres se foutent
complètement de moi je ne suis même pas un intrus
je pourrais hurler, aucun de ces seigneurs ne baissera les yeux sur moi
aucun drame n'a jamais dérangé leur longue marche
immobile tout est décor, indifférence, arithmétique
sacrée

je lève les yeux bercé, le haut des arbres
somnole dans une hypnose heureuse c'est tellement plein
je pourrais rester là pour toujours

mes pas s'enfoncent mous sur un matelas
qui macère entre marron et jaune d'agonie on ne peut pas
ramasser une feuille sans l'arracher aux autres c'est
tout le monde dans le bain de la même mort collé par le
même jus

des barbelés de ronces me harcèlent le bas du pantalon
s'acharnent à me retenir mille familles tordues
tout un peuple enchevêtré à jamais dans l'amnésie de sa haine
c'est à pleurer je les piétine et ça
ne sert à rien paquet de nœuds de vagues en griffes qui se
relèvent toujours

il y a tout de même du tendre la robe de quelques feuilles timides accrochées à la courbe d'une branche

les chaussettes en laine verte qu'enfilent des arbres aux pieds d'éléphants et la mousse, toujours optimiste île à ras du sol parfois là ou là puis la boue

je marche dans un bruit d'éponge et de salive des grands pas sans demi-tour mes pieds pèsent vers le bas chaque mètre est plus lourd que le précédent

malgré cette merde, dans des flaques s'improvisent des miroirs où le ciel vient chercher son reflet

le sol change encore d'avis sous mes pieds le bois
craque dans la fragilité diplomatique de ses milliers de brindilles
c'est trop de bruit, trop de présence

notre passage repose dans le feu de nos empreintes

il a plu, hier les arbres ont l'air huilés
ou en sueur ne me demandez pas comment ils s'appellent, je ne connais aucun nom

il y a celui à l'écorce de cendre qui se bat pour quelques feuilles inutiles il y a le mort, qu'on enjambe comme un mort parce qu'on n'enterre pas les arbres il y a celui qui hurle le catalogue de ses supplices il y a le plus grand de tous, c'est un monument, même celui-là je ne le connais pas ni le prosterné qui mendie ni le balafré au jus qui sort
ni le maigre qui se nourrit de froid ni celui qui penche en tour de Pise et je serais bien incapable de dénommer ce couple, ni l'un ni l'autre, étendus l'un sur l'autre, dans la paix d'un même amour

aux pieds de tous, les racines bouillonnent chez l'arraché, elles font poids avec la terre qui s'accroche pour tenter de le relever il y a celui qui vit escorté d'une armée de filaments   celui qui expérimente une danse impossible   il y a la grande cigarette jaune   il y a un tronc mort garni d'allumettes   il y a les fils   l'orphelin   l'anonyme qui meurt au pied de l'indifférent   il y a aussi celui qui n'a rien à faire ici   il y a même des fantômes aux feuilles recroquevillées qui tournent le dos au gel du temps

et ces deux qui s'embrassent par le tronc dans une impudeur d'escargot   puis un autre là-bas, tellement grand, et dont on sait pourtant qu'il n'abandonnera aucune de ses branches

mais pour moi, le plus beau c'est celui qui retient dans ses bras le frère qui vient de s'évanouir pour toujours

les arbres appartiennent au ciel

j'ai faim   je refais mes lacets   sur une branche, une étoffe d'écorche sèche pend, amenée par le vent, comme une serpillière que personne n'ose décrocher

le jour résiste encore un peu   je marche depuis
des heures   un cerf   devant moi
immobile comme un dieu innocent   planté dans la rencontre
l'homme est trop l'homme, je fais un pas stupide vers
lui   et l'animal s'enfuit se confondre avec le sombre

il y a tous les bruits   tout le silence
et cet immense invisible qui craque

j'ai entendu la forêt respirer, je vous jure   j'ai entendu la forêt respirer j'ai dormi

je devais être à la surface du rêve quelque
chose, un bruit, a crevé sa coquille et le jus
du matin est venu se mélanger à lui je n'ai pas envie
d'ouvrir les yeux

mes yeux s'ouvrent

Les oiseaux. Je me réveille dans le minutieux fouillis de leur engueulade matinale.

Le soleil me gifle la tempe. J'incline machinalement la tête pour viser, entre deux lopins de bleu, le feu d'un rayon de soleil à qui je confie le repos de mes paupières.

À mes pieds, la lumière s'intranquille. Et puisqu'il faut entendre, j'écoute. Je suis convoqué au loin par le *la* d'un oiseau. Un son unique, toujours le même, qui tombe, épais. Et contient tout de lui.

En baissant les yeux, je fixe ma tristesse. Elle a la forme d'une petite bille translucide, couleur miel, un peu grasse et molle, pile entre le ventre et le sternum. Je la prends entre le pouce et l'index, et j'appuie. Impossible de la crever.

Je me lève. Un corbeau caché dans les broussailles donne une claque d'ailes et va se poser quelques mètres plus loin. C'est lui qui a peur, c'est moi qui sursaute.

Rassuré, il ouvre le triangle de son bec et prétend faire grincer le néant.

À quelques mètres, s'éloigne un sentier à peine plus large qu'une ceinture. Malgré la peur de croiser l'un de ses auteurs, je consens à suivre la paresse de sa ligne. Au bord, un tas de bois. Des bûches coupées en deux ou quatre parts presque appétissantes.

J'ai faim. J'ai sucé hier soir les dernières miettes d'un croûton de pain. J'ai faim.

Le toit d'une maison, sur la gauche, là-bas. Une cheminée encerclée de grosses tuiles chocolatées gonfle un doux coton qui s'oublie en ciel.

J'ai faim, et nous sommes des animaux amateurs, apprivoisés par l'homme et condamnés, pour survivre, aux abords des nôtres, à nous parasiter les uns les autres.

J'enjambe une chaîne de fer qui fait pendre mollement, entre deux poteaux, l'autorité rouillée de quatre lettres. **HALT.**

Et j'avance. J'ai faim. Les frontières peuvent crever.

Du bruit. Je plonge à terre. Je n'avais pas vu la route, je pensais être plus enfoncé, plus à l'abri. Une bagnole noire, terrible de luxe, avec des yeux en roues de secours sur les côtés. Elle va s'enfuir au virage, entre deux vagues de montagnes.

J'attends que son grognement se fonde avec la rumeur du silence.

Et je me relève. La maison est à trois cents mètres environ. Toute seule, jetée là et rien autour.

En posant le pied sur la langue du goudron, j'ai le sentiment de descendre d'un bateau après des semaines passées en mer.

Je marche d'un pas exact, en giflant ma veste, mon pantalon. Je nettoie ce que je peux, pour ne pas trop avoir l'air d'être ce dont j'ai l'air. Et j'arrache l'étoile, je n'avais pas encore arraché l'étoile.

C'est une banale maison de campagne comblée d'honneurs.

Les murs de pierre qui l'entourent sont effroyablement hauts. Un grand portail s'épuise en fleurs de fer et dévoile, à travers l'échiquier de son grillage, un jardin rasé de près où s'ennuient des arbres gigantesques.

En ouverture de l'allée qui mène vers la porte d'entrée, une statue. Stupide et olympique. Du marbre, du muscle, un glaive et une bite. Sur le socle, *Allégorie de la pudeur*.

Les oiseaux se marrent.

Et tout à coup, ce con de chien qui me tire dessus sa salve d'aboiements.

— *Tais-toi, Isolde !*

D'abord, c'est encore une voix.

— *Tais-toi, Isolde !*

Puis une ombre dans l'ombre de la porte. Qui se rapproche.

— *N'ayez pas peur ! Il n'est pas méchant ! Tais-toi, Isolde !*

Une femme. Une vieille. Lente. Un scarabée écrasé de soleil.

— *Isolde !*

Très vieille.

— *Il ne vous fera pas de mal ! Oh, mais tu vas te taire, Isolde !*

Sa belle Isolde est un mâle, un mastodonte avec des couilles de taureau. Qui m'arracherait la gorge s'il n'y avait pas ce portail.

— *N'ayez pas peur, il n'est pas méchant !*

Elle est là.

— *C'est bien, Isolde !*

Silence enfin.

— *C'est bien, c'est bien ! Sage, Isolde, sage !*

C'est un visage froissé par un siècle de grimaces. Des cheveux épuisés de vivre dont la teinture noire bave le long du cou et va se perdre sur les rivages clinquants d'une parure qu'elle a dû arracher au cadavre de la reine Victoria. Comme je lorgne dans ses reflets, elle répond à une question que je n'ai pas posée.

— *C'est un cadeau de mon petit-fils...*

Et s'interrompt d'être pour une seconde de vague à l'âme. Puis

— *Vous l'avez manqué de si peu. Il vient de partir. Vous ne l'avez pas vu sur la route ?*

J'ai parlé, engagé par un naturel qui répondait à ma place.

— *Nous venons de nous croiser.*

— *Quel dommage ! Mais entrez, je vous en prie.*

Le portail a joui dans un miaulement de ferraille. Son monstre s'est faufilé pour m'inspecter des pieds à la tête.

— *Gentil, Isolde, gentil ! C'est un bon gardien. Oui, mon Isolde !*

Mission accomplie, tout content, le dogue s'est précipité sur sa maîtresse. Avec la langue. Un gros beefsteak dégoulinant d'amour. C'est la fête.

— *Non, non, pas la bouche ! Isolde ! Oh le coquin ! Pas la bouche j'ai dit !*

Elle est squelettique. Un peu de peau qui fane sur l'équerre de ses épaules et une crampe de momie à la place du cou. Tout ça vacille mais parvient tout de même à déménager la tonne d'une robe à crinoline. Dans son décolleté de marquise désespèrent deux seins tout desséchés.

Son monstre est en train de les lui lessiver quand soudain, contrariée dans son plaisir, elle lui mord l'oreille. Isolde couine un contre-ut.

— *Tu vas me faire tomber!*

Ému, le vilain toutou file se coucher dans l'herbe. Un petit peu de blanc dépasse d'un peu de rose qui dépasse de son machin.

— *Il est adorable, une fortune pour le faire dresser ! Il ne vous fera pas de mal, il ne mord que les juifs. Il ne se trompe jamais.*

De ses deux yeux, celui de gauche a été déniché sur un poisson mort.

J'entre.

Un vestibule. Du sol au plafond, des cadres d'or en plein délire, une nausée d'ornements pour des peintures minuscules séquestrées par des marie-louise larges comme la banquise.

— *Il n'a pas pu vous attendre plus longtemps. Il a tellement de travail, le pauvre.*

Une overdose d'aquarelle. Des conneries. De la Bavière en veux-tu, en voilà.

— *Je vois que vous appréciez la peinture.*

— *C'est charmant.*

— *Charmant, dites-vous ? C'est tout ? Charmant ?*

J'ai senti monter la démangeaison d'une colère obscène. Ses lèvres se sont excitées à sucer une tétine invisible. Sa gorge s'est mise à râcler le fond d'une casserole, elle a tout fait pour ne pas se mettre à hurler.

— *Charmant ? Cherchez mieux vos mots, monsieur, quand il s'agit d'œuvres qui culminent aux altitudes les plus victorieuses de l'âme allemande. C'est le drame de mon petit-fils d'être né dans ce siècle d'aveugles. Mais nous leur crèverons les yeux. À tous! Et ils finiront bien par voir.*

Elle a retrouvé son calme. Complètement folle. Mondaine, elle m'a gaiement sermonné.

— *C'est amusant comme les musiciens ne savent pas s'y prendre avec les mots.*

Pourquoi musicien ? Elle a deviné ?... Ou le hasard a peut-être plus de génie qu'on ne croit.

Je l'ai suivie au salon, terrorisé à l'idée de commettre encore un faux pas.

— *Pardonnez-moi, je ne voulais pas…*

— *Ne vous excusez pas ! Chacun son art, après tout ! Mais dites-moi, que vous est-il arrivé ?*

— *Une panne de voiture. À dix kilomètres à peu près.*

Je parlai le moins possible, j'essayais de viser le centre du flou.

— *Et vous marchez depuis tout ce temps ? Vous devez être épuisé. Voulez-vous profiter d'une tasse de chocolat chaud ? Il adore le chocolat de sa Mamie, vous savez, mais heureusement il en reste.*

— *Dans ce cas comment refuser ?*

— *Je reviens. Prenez ce fauteuil.*

Du chocolat. Un chocolat chaud. À boire. Cette vieille pourriture va me servir un chocolat chaud, une tasse de chocolat chaud. Ça va être un chef-d'œuvre. Un chef-d'œuvre, c'est sûr. C'est une vieille tarée, une ordure d'antisémite qui couche avec son chien, mais son chocolat va être délicieux. C'est comme ça, c'est l'art d'être grand-mère. C'est pour ça que ça prend autant de temps, qu'elle prend autant de temps. Il doit y avoir un siècle de savoir-faire dans ce chocolat. Ça va être sublime. Et peut-être des croissants, elle doit bien avoir des croissants avec le chocolat.

Elle est rentrée par le cul. Penchée. De dos. Les jambes écartées. Chaque pas était une victoire. Ou une défaite. En tirant une grosse marmite. Le chocolat. Je me suis levé pour lui proposer de l'aide. Elle n'a pas levé la tête. J'ai eu le temps de compter, neuf cervicales.

— *Non ! Assis !*

Elle a finalement abandonné la hargne de son projet au milieu du salon et a plongé une tasse dans sa marmite. Elle a déplié sa colonne vertébrale et s'est retournée vers moi.

Elle suffoquait. L'hameçon de son nez dégoulinait d'épuisement.

Elle me tend enfin sa porcelaine. Je tente un

— *Merci infiniment, quel bonheur !*

Et je me réfugie dans la tasse. Du beau marron plein de réconfort. Se cramponnant les unes aux autres, des petites bulles tranquilles font mousse. On dirait qu'elles essaient de grimper.

Sa tête est au-dessus de ma tête. Je fais mon possible pour ne pas avoir l'air d'être affamé. Je vais boire. Je bois.

C'est pas vrai ! Dégueulasse ! Infect ! Trahison ! Vieille salope !

— *N'est-ce pas qu'il est bon le chocolat de sa Mamie.*

Vieille connasse ! Je vais lui vomir dessus ! Je tords un sourire sous son ombre de vautour.

Brusquement, elle tape des mains comme une enfant.

— *Et ma musique, alors ?*

Derrière moi un grand piano cercueil.

Je n'avais pas joué depuis la traîne d'une éternité. J'en étais incapable, je crois. Il fallait faire diversion et en profiter pour lâcher cette saleté de mixture.

Sur le mur opposé, une série de dessins au crayon. Une forme, toujours la même, quelque chose comme un plan, un bout de rivière peut-être, avec une espèce d'île en plein milieu, impossible de savoir. J'ai mis le paquet, *molto appassionato*.

— *Chère madame, les murs de ce salon sont un festin pour les yeux. Je ne peux m'empêcher d'être attiré par cette sublime série que vous avez là. C'est d'une telle pureté, mais qu'est-ce que c'est ?*

— *Les musiciens ! Vous êtes incorrigible, mon ami. Allez voir de plus près.*

J'ai abandonné son horrible boisson sur la table pour aller coller mon nez sur ces trucs abstraits. Et j'ai trouvé. C'étaient des genoux. Des genoux. Trente ou quarante dessins de genoux. La collection complète.

Une voix timide s'est posée sur ma sidération.

— *Si j'osais, je vous avouerais que ce sont les miens.*

— *Vos genoux ?*

Il ne fallait pas se rater. Je me suis extasié.

— *Chère madame, je suffoque ! Je n'ai pas de mots. Les mots existent-ils d'ailleurs, qui pourraient dire la tendresse de ces lignes, et cette harmonie ? Par pitié venez à mon secours, est-ce le peintre ou le modèle qu'il me faut admirer le plus ?*

— *Vous êtes un charmeur, monsieur. Et je ne suis plus très jeune. Cependant, je ne prends pas beaucoup de risques à vous avouer que j'avais des genoux magnifiques. Dès ma naissance, mes parents m'ont raconté, tout le monde admirait mes genoux, « Quels jolis genoux ! Quels jolis genoux ! » Plus grande, à la maison c'était tous les jours, surtout mon père, « Ah, quels jolis genoux, mon enfant ! Quels jolis genoux ! » Et moi je vivais ce cadeau des dieux avec une telle innocence, avec la naïveté d'une jeune fille qui, que voulez-vous, ne se rend pas compte. Jusqu'au jour où ce grand peintre a traversé la ville. Et son émotion quand je lui ai dévoilé cette part de mon être. Ce sont là de simples croquis, naturellement, mais qui donnent une idée du choc artistique. Aujourd'hui encore, mon petit-fils me les demande à chacune de ses visites, « Tes genoux, Mamie ! Tes genoux ! » Il me supplie, je ne peux pas les lui refuser. Si vous saviez comme il pleure. Ces genoux ont fait souffrir tant d'âmes qu'il m'arrive parfois d'en vouloir au ciel de m'avoir fait don d'une telle beauté. Mais qu'y puis-je ?*

Ce chapitre glorieux de ses mémoires achevé, elle s'est assise et a ordonné avec gravité

— *À genoux, monsieur !*

— *Madame, je vous en prie.*

— *Ne discutez pas !*

J'ai obéi pendant qu'elle se débattait dans les flots de sa robe. Elle a presque tout baissé ou relevé, et a fermé les yeux.

— *Vous pouvez les toucher.*

— *Chère madame, je n'oserai jamais.*

— *Osez, mon ami, je ne suis qu'une vieille femme.*

Il fallait le faire. J'ai touché ses genoux du bout des doigts, en appuyant un peu. C'étaient des genoux en forme de genoux. Elle a déplié tout doucement ses paupières.

Dans son regard, il y avait un viol que je n'ai pas commis.

— *C'est pour vous.*

Tandis qu'elle se rhabillait, mes yeux se sont arrêtés sur une toile étrange au-dessus du piano.

Atroce.

Une femme cadavre. En train d'accoucher d'un cadavre. Un bébé mort. La mort qui accouche de la mort. Et tout cet enfer te fixe.

Elle a deviné.

— *C'est la toute dernière manière de mon petit-fils.*

Ça change effectivement de la Bavière.

— *Et on peut y voir des choses tellement différentes. C'est la fantaisie de l'artiste, vous savez.*

J'y suis allé en fermant les yeux, mais pour voir ça de plus près.

Un peu en relief, les bâtons de quelques lettres. La signature. *A. Hitler*

Le reste a duré moins d'une minute.

Je l'ai attrapée par le bas de la robe, je l'ai traînée au milieu du salon. Je l'ai prise par les cheveux. Elle a ouvert le puits de sa bouche pour m'aspirer mais je lui ai enfoncé la tête dans sa putain de marmite de chocolat. À moitié sur ses rotules, elle s'est débattue en agitant les bras. Comme si elle essayait de s'envoler.

Je n'ai pas pensé un quart de seconde à Baudelaire.

Elle a fait une dernière grosse bulle.

Ses cheveux flottaient, électrocutés à la surface. Le noir de sa teinture se dispersait dans le chocolat.

Je me suis assis au piano.

Le clavier me semblait à des kilomètres.

Mes doigts ont retrouvé le chemin d'une des *Romances sans paroles* de Mendelssohn. L'*Andante* de l'opus 102. Une œuvre qui ne fait de mal à personne. Ut majeur, les touches blanches, le génie de *do ré mi fa sol la si do*, c'est tout.

C'était pour nettoyer.

J'ai hésité l'œuvre du début à la fin. Comme si elle était en train de naître. C'est comme ça que tout devrait s'interpréter. Oui.

Dans l'hésitation de naître.

Avant de partir j'ai rempli mes poches de pain, et un sac entier aussi, et des fruits, et tout ce que j'ai trouvé.

J'ai ouvert la porte, le tétralogique clébard s'est précipité à l'intérieur. En m'éloignant, je les ai surpris tous les deux par la fenêtre. Un peu dépité, Isolde était en train de renifler la croupe de Mamie Hitler.

C'est le tableau que j'ai préféré, ici.

UN

un

Cinq uniformes. Ils m'ont trouvé au pied d'un arbre, en train de dormir dans le creux d'un matin. J'ai sursauté sur le canon d'un fusil à quelques centimètres de mon front. Et brutalement, l'irrésistible fanfare allemande. Ordres & Cris.

Je me suis levé, les bras en l'air en leur jetant des *Ja ! Ja ! Ja !* dans le feu des hurlements. Ils m'ont remis à terre à coups de crosse. Puis d'autres coups encore, plein, l'intégrale.

J'ai fait l'animal mort **AUF AUF AUF AUF AUF AUF AUF AUF AUF AUF AUF AUF AUF AUF AUF AUF AUF AUF AUF AUF AUF AUF AUF AUF** ils aboyaient **AUF AUF AUF AUF AUF AUF AUF AUF AUF AUF AUF AUF AUF AUF AUF AUF AUF AUF AUF AUF AUF AUF AUF AUF AUF AUF** comme des chiens sur du gibier **AUF AUF AUF AUF AUF AUF AUF AUF AUF AUF AUF AUF AUF AUF AUF AUF AUF AUF AUF AUF AUF AUF AUF AUF AUF AUF AUF AUF AUF AUF AUF AUF AUF AUF AUF AUF AUF AUF AUF AUF** merde, je comprends **AUF AUF**

AUF AUF AUF AUF AUF AUF AUF AUF AUF AUF AUF AUF AUF *Debout!* ils veulent **AUF AUF AUF AUF AUF AUF AUF AUF AUF AUF AUF AUF AUF AUF AUF AUF**

L'un d'eux m'a soulevé par le col pour voir mon visage. Ils ont dégueulé les rires d'une heureuse partie de chasse, et m'ont traîné jusqu'à leur véhicule. La nuit sans lune ne m'avait pas suffi pour me perdre. Je l'ai maudite.

Le camion tousse, et démarre.

Pourtant les Allemands vont finir par la perdre, cette guerre. Ils ont beau courir dans tous les sens, ils vont la perdre. Tout le monde le sait. Eux les premiers. C'est pour ça qu'ils accélèrent comme des fous. Ça se voit, ils n'ont pas les mêmes yeux qu'avant, ils crèvent de peur derrière la vitre de leurs yeux, ils se pissent dessus, les Allemands.

On roule.

Dans les secousses, ma tête se heurte au début d'une mélodie retrouvée que j'entends pour la première fois. C'est très clair, comme toujours, en arche entre les oreilles, quelques mesures pour piano qui se balancent tristement. Je l'écrirai, je la jouerai, ce sera tellement beau que c'est un coup à tout annuler, à défaire le monde de son habitude de la cruauté.

J'aimerais être à Prague. J'irais revoir la maison où j'habitais enfant. Je l'ai fait plusieurs fois déjà. À attendre que la nuit tombe, jusqu'à ce que les lumières de l'appartement s'allument. Les nouveaux n'avaient pas changé la tapisserie.

On s'arrête. Le ghetto. Je suis de retour.

Des longs couloirs que je ne connais pas. Des grandes portes sombres. Il y en a une pour moi qui s'ouvre. On me jette dans le noir d'un cachot. Et rien, pas un mot à propos de Mamie Hitler.

Sur le sol persiste un cil de lumière.

deux

J'aurais pu graver mon nom sur un des murs. Juste ça. Mais je préfère ne pas prendre le risque de laisser au monde comment je m'appelle. Pour un innocent, c'est perdu d'avance. Qui se rappelle le nom d'une seule des putes de Jack l'Éventreur ? Les assassins ne tuent pas pour supprimer une vie, ils tuent pour effacer un nom.

Je ne mérite pas qu'on oublie mon nom. L'oubli, c'est la double peine. Si vous pouviez seulement vous rappeler qu'un homme a vécu, cela suffira. Et un peu de l'histoire de ma bouche, moi qui n'ai jamais su vivre dans l'haleine des autres.

Maintenant c'est trop tard. Je suis entre les mains de l'Histoire.

trois

Ils se sont épargné la peine de m'exécuter. Je suis du prochain convoi. Depuis quelques mois, il y en avait de plus en plus.

Les autres doivent se préparer, rassembler leurs affaires ou confier à ceux qui ne partent pas le peu qu'ils espèrent sauver.

Tous les matins, je partais trop tard de la maison. Je courais pour ne pas arriver en retard à l'école. Et toute la ville faisait la course avec moi pour rattraper le soleil. Ici, je cours sur place. Si j'avais seulement quelque chose à sauver. *Maman, Papa!* Si j'avais seulement pu garder une photo.

La seule chose qui me reste, ce sont les quelques fois où on a été vraiment heureux, où, en partant le matin, je vous embrassais. Où tu souriais, Maman. Maman, tu me vois ? Maman, tu vois comme je cours ici ? J'ai fait tout ce que j'ai pu, je te promets. C'est un drôle de festin ici, j'ai un drôle de goût dans la bouche. J'ai essayé de rester un homme. C'était le plus difficile. Pourtant j'ai regardé le ciel. J'ai cru que les étoiles pouvaient me donner une réponse. J'ai cru que le vide entre les étoiles avait un petit quelque chose pour moi. Mais je n'ai pas prié comme quand j'étais petit. Tu te rappelles quand je te racontais mes prières ? Ça te faisait rire. Et quand on parlait de Papa quand il n'était pas là, qu'on ne savait pas à quelle heure il rentrerait ? Tu sais, je ne te le disais pas mais je faisais semblant de dormir, j'attendais de l'entendre rentrer. Et je t'entendais pleurer et Papa qui riait d'alcool. Tu sais, je vais peut-être mourir. Peut-être pas. L'autre jour je me suis regardé dans un miroir et j'ai vu le visage d'un homme. Tu sais, je ne suis plus un enfant. Il y a des gens qui sont morts ici, qui étaient bien plus jeunes que moi. Si seulement tu pouvais m'entendre je te dirais de ne pas t'inquiéter, que j'ai vécu, que je ne t'en veux pas. Je voudrais simplement que tu le saches. Ici c'est dur, tu sais. Tout le temps j'ai eu faim. Tu n'aurais pas aimé ça. Parfois je voudrais tout reprendre, tout rejouer. Tu sais, quand tu m'as embrassé juste avant que je parte à mon cours de piano. Je ne pouvais pas savoir que tu allais mourir. Moi je ne crois pas qu'on se suicide. Je crois qu'on nous suicide. Je crois que la vie nous suicide. Je crois que quand je suis parti, la vie est venue te dire des mauvais mots. J'avais bien travaillé, le professeur m'avait dit « Tu es musicien, que tu le veuilles ou non ». Et j'étais revenu la bouche pleine de cette phrase, et je voulais te la redire à table, en mangeant ou avant de dormir, comme si de rien n'était. Quand je suis rentré, il y avait un drôle de silence. Ça ne sentait pas à manger. Ça m'a fait peur. Tu sais, j'ai un peu vieilli mais je n'ai pas grandi, c'est impossible de grandir. J'ai toujours l'âge que j'avais quand je suis rentré dans cette cuisine et que j'ai vu la chaise renversée. J'ai essayé de t'attraper par les pieds. De te soulever pour te décrocher. Mais je n'y arrivais pas. J'ai couru dans l'immeuble en criant *Au secours* de toutes mes forces. La vieille dame sur le palier est sortie en premier puis le voisin du dessus. Et ils sont venus avec moi dans la cuisine. Le monsieur du dessus, c'est lui qui t'a fait descendre. Moi j'ai pris ta main. Et puis quand tu étais par terre, j'ai pleuré et j'ai crié. J'ai crié. J'ai crié *Papa, Papa.* Mais Papa n'était plus là. Maman je n'ai pas grandi. Maman je vais mourir peut-être, tu sais. Et je serai toujours le petit garçon qui rentrait de son cours de piano. Maman je veux oublier. Maman je veux tout oublier. Maman je vais peut-être mourir mais Maman, c'est toujours toi qui meurs.

quatre

Il y a quelqu'un qui a crié dans la cellule d'à côté. Tellement fort qu'il a déchiré la terre. Toute la terre.

On ne la recollera jamais.

cinq

La musique conduit les âmes.

Si quelqu'un se sentait un jour assez de force pour raconter ce qui nous est arrivé, j'espère qu'il ne répandra pas un grand lamento romanesque. Parce que dans ce tourbillon, la seule chose qui pourrait dire notre histoire ressemblerait aux restes d'une sonate au clair de lune qui trébuche dans la crasse, et dans le barbelé des dièses. Ils ont fermé la porte du wagon.

Beethoven n'a qu'à aller se faire foutre.

FIN & AU-DELÀ

Nu.

Juste avant d'éteindre.

Journal de mes yeux

Il m'a fallu au moins dix secondes pour comprendre
que c'étaient des chaussures, ce débarras

De son menton pendent les haillons blancs d'une barbe usée
de sagesse

Je n'ai pas vu de valise plus grosse que
celle de celui qui n'a rien

Il a ramassé une miette comme s'il avait trouvé une
preuve

Assis par terre, ils partagent un morceau de pain. Dans le
silence des bouches, les yeux gueulent de faim

J'ai vraiment cru que la fenêtre allait s'effondrer de fatigue

En parlant, il caressait sa barbe pour essorer le superflu
des mots

Sur sa tête un vieux chapeau s'essouffle

Adossé au mur, le soleil

Elle m'a demandé si j'étais écrivain. *Je ne sais pas*. Elle a souri, ses lèvres tremblaient

C'est l'ennui ce fruit gras au sol immangeable

T'arrêtes de me regarder ! Il m'a tiré la langue. *Ça va de voler ?*

Il a tout vu en serrant un petit ballon contre sa poitrine

Il lisait dans l'effort d'une lumière. Jusqu'au fond du livre

Dans ma soupe flotte un archipel de trucs vaguement patates

Il a maudit l'architecture. *Parce qu'ici nous sommes d'abord prisonniers d'un plan*

Le nouveau s'est assis sur un tabouret. Torse nu comme l'oubli

Les oiseaux s'enfuient de ce ciel

Le flic regarde, les yeux au-dessus des
hommes

Alors c'est ça être juif

Il a examiné autour de lui et a
dégluti un éclat de rire

On a amené une dizaine de cercueils vides.
Par terre les cadavres ont pris peur

Un soir il a démonté sa montre et, de cette autopsie, croyait en savoir plus que tout le monde sur le temps qui passe

Il louche. Chaque œil refuse de quitter l'autre du regard

Il s'est affalé des heures dans l'épaisseur de l'attente

Il parlait d'avant. Sans s'arrêter. Sa carrière, ses voyages, ses maîtresses. Sourd au présent

La vieille m'a lancé les yeux noirs d'une Apache qui refuse
de se laisser photographier

L'aveugle marche, trébuche, part en avant, tombe,
se relève. Et c'est tout dans le même noir

Derrière la fenêtre de sa cellule, il s'étourdissait du
dehors

On dirait que le petit cherche ses yeux
au fond de sa tasse

Il a failli s'effondrer mais il s'est
souvenu de la haine

Il a trop parlé et s'est pris les pieds dans sa sagesse

J'ai compté, on peut mettre dix-neuf cercueils
sur un corbillard

J'ai cru que c'était du chocolat, c'était de la boue sur
ses lèvres

Les cheveux en feu, la fille avait planté ses doigts sur ses joues
et dévisageait le présent

Le nazi s'est adressé à moi dans la
science exacte de la langue allemande

Au balcon, la vieille regarde la rue vieillir et
s'accroche à la balustrade comme à la proue
d'un navire dans la tempête

L'heure vide, l'œil vide, la gamelle vide

Derrière la vitrine du café, trois musiciens jouent pour
un public d'épouvantails

Un matelas pend de la fenêtre
comme une langue malade

Il y aura toujours un enfant pour courir

La barbe du rabbin chatouillait une prière. En
équilibre sur son front, le tephillin ressemble à un temple
à deux doigts de chuter

On entasse les cadavres dans l'ancienne parfumerie. Il y a des
bras qui ont l'air vivants comme des pieds de vigne morte

Il fait doux. Je me suis assis sur les marches pour emprunter
une minute au soleil

Ils n'avaient pas dix ans à eux deux. Le plus petit tenait la main à
l'année de plus de son grand frère

Il m'a souri dans une liqueur de
gentillesse. Son nez rond hésitait
vers le rouge

Il dort. À peine entrouverte sa bouche, dégoûtée d'un
rêve

Son étoile jaune en feuille morte sur la poitrine

On l'arrête en pleine nuit dans la rue. Les fenêtres
écarquillent des grands yeux de silence

Deux ou trois ancêtres invendables tremblent dans une vitrine

Il s'est réveillé comme s'il tombait
d'un arbre

Même ici, il y a de la musique. Et on tapera
sur le dos de la contrebasse si on coule
avec

Je me suis retourné au moment précis où son visage
venait d'avant tout ça

Il s'est noyé d'avoir quelqu'un à sauver

Elle tenait son écuelle comme un écureuil mort

Il avait une paire de mains à écraser le
piano d'un seul accord

Ils ont posé la marmite par terre. On attendait sans
avoir le droit de remuer la queue. Moins qu'un chien

Ils sont trois aveugles pour une
seule canne. Qui tapote la question
d'avancer

À l'heure de la tambouille,
autour de la charrette, les bols au ciel

Son costume était rapiécé à
la manière de Malevitch

Des trous à la place des joues et des yeux
gonflés à exploser

Le vieux rabbin grelotte au-dessus de sa Torah

Il devait avoir quatorze ans et insistait à ne pas
comprendre la situation

Dans le rond d'un rire, un unique rectangle blanc
pend de sa gencive

Il y a quatre cercueils sur le corbillard. Aux
fenêtres des vieux calculent le temps qu'il leur reste

Il avait les yeux trop, tellement ouverts

Il n'arrivait pas à concevoir qu'on ait pu lui réserver ici
une misère encore plus misérable que celle du shtetl

Il a levé les yeux vers moi. Il n'arrivait pas à
croire que c'était bien à lui ce qu'il venait de ramasser là, par
terre

Le petit avait un destin à la place du visage

Il se gratte le crâne du bout des ongles
pour ne pas fausser sa raie intransigeante comme un
danseur de Tango

Sur son front s'aventurent quelques mèches sales
qui dépassent du chapeau

J'ai entendu *Ce ghetto, c'est une étoile clouée au sol*

En lui étranglant les mollets, ses bottes d'officier
donnaient le sentiment d'envoyer tout l'air vers deux
grosses cuisses dégonflées

Le petit m'a parlé des mots ronds
qui se mélangeaient en tendresse avec le vert
qui lui
coulait du nez

Il s'amusait à gronder des brindilles

Ses lunettes se moquaient en très gros du
déclin de ses yeux tristes

La faim avale les
pères

Où sont nos tombes et l'habituel désordre de nos morts enchevêtrés ?

Ma main était si sale qu'il a
craché dessus pour
éclaircir ce qui me restait de
destin et d'amour

Il a raclé le fond de la gamelle comme on fouille le sol avec ses ongles

La tête de mort brillait joliment sur sa casquette. *Papa, papa, prête-la moi, prête-la moi… Juif ! Juif ! Juif !*

Il y avait un trou dans le trou rapiécé,
puis le dos et la croûte, et le sang
séché et le sang qui coule

Personne ne portera plus lourd

Il avait un rire à te rendre frère

Le vieux fuyait vers nulle part où
fuir

Elle s'est essuyée le front
avec le noir
d'un mouchoir blanc

Le jaune de l'étoile
s'éteignait dans la
crasse du revers
de sa veste

Elle écrivait en marchant. Comme moi

L'officier
en promenade, la propreté jusqu'à la mort

C'est celui avec la tête de
celui qui ne se laissera
pas voler

Le flic le traîne comme un pantin dans un brouhaha
d'aveugles qui refusent de voir

Et c'est si gris ces murs que je
pourrais me mettre à marcher dessus
sans m'apercevoir que je
viens d'abandonner le sol

Il a engueulé Dieu
de notre part

Depuis des heures, elles épluchaient des patates
dans un silence de châtiment

En palabre lointaine, trois officiers hésitent à se salir les yeux
vers nous

Il a arraché un bout de feu et l'a collé
sur son visage

La misère est une âme déchirée d'être

Il avait simplement l'ambition insensée d'un bol un peu moins vide

Il était devenu fou et négociait avec le mur
qui l'empêchait de passer

Ici, il y a toujours quelqu'un pour te vendre
une miette contre une autre miette. Et toujours au moins
un des deux pour penser avoir fait une bonne affaire

Elle me regarde avec les yeux
d'un poisson qui vient de comprendre que
l'aquarium se vide

La petite avait une beauté à courroucer la princesse de ses
propres rêves

Ton visage dans la seconde de ta grimace avant les pleurs

Digne comme un mendiant

Il parlait de sa cordonnerie
comme d'un ancien palais

Le lit est trop petit, la couverture trop fine, la nuit
trop étroite

Son oreille avait la forme curieusement
appétissante d'une feuille de laitue

Il lorgne dans son assiette. Il ne sait plus si elle
était déjà vide ou s'il vient de la vider

Elle était aussi innocente que les
pieds d'un bébé

Tous ces visages bon sang tous ces visages

Il avait la bouche plus ouverte que mon silence

Et toutes nos chaussures qui s'accrochent à la vie dans un imbroglio de lianes

Il aurait fallu tuer ce salaud qui mélange son sourire avec la grimace de son triomphe

Il a lancé un truc au ciel. Pour de vrai

C'était son œil crevé qui parlait le plus

Le double nœud du désespoir

Il m'a fixé dans la lueur de sa question sans réponse

La vieille boit sa soupe sans lâcher la mort

Dans les yeux du petit, l'héritage de la terreur

Elle soulageait les enfants avec le baume d'une berceuse
qui contenait un peu de lune

Il a froncé les sourcils comme s'il
avait aperçu à l'horizon un
bateau venu nous secourir

Ici fourmille un peuple qui se dissout dans
son brouillard

Ses mollets crasseux dans des bas qui renonçaient
à vivre

On était assis en rond. Dos à dos. Chacun à sa soupe. Tout était
si lent. Personne n'osait finir en premier

Et l'odeur. Cette trace qui nous suivait tous

Il s'est collé à moi dans la file. Son souffle
chaud m'épongeait la nuque

J'avoue, j'ai tourné la tête parce qu'elle pleurait. C'était trop ici

Il fait si glacé. Je me serais volontiers coupé le nez pour
le mettre au chaud dans ma poche

Où est ta peau ? Quels
sont tes vêtements ?

La grand-mère trimballait le
poids de sa disparition

Au cœur, un nuage de poussière à l'étoile

Entre deux phrases, il léchait toujours le coton de sa
vieille moustache

Personne ne porte un homme

On s'est embrassé dans l'électricité de nos peurs, les yeux
grands ouverts

L'étoile sur le bleu de sa blouse.
Comme un soleil, si j'osais

J'écris. Contre un mur. Dos au mur

Il joue avec une garnison de clous
qui dépassent d'une planche pourrie. *C'est pour Papa,
il est mort hier*

Elle ressemblait à un
tas de chiffons abandonnés

Il n'a plus de force. Il est persuadé que la rue
est en pente

Il mangeait en cachant son assiette. Comme à l'école
pour ne pas se faire copier

La laine de son manteau s'épuisait en pleurs

Mon dos voûté dans la hiérarchie des peurs

Ils ont jeté les vieux dans les restes d'un cinéma. Il est
mort sur le strapontin 107

Dans les vagues centenaires
de son front de rabbin

Ils jouaient avec des allumettes qui étaient des hommes

La démence de demeurer honorable

On a ouvert la porte, le soleil s'est cassé la gueule dans les escaliers

Il est mort devant moi, en ratissant sa poitrine avec
ses ongles

Par terre dans la rue, presque un cadavre, les yeux saouls,
sidérés de vivre, et de la vie encore

Le fils voulait
marchander avec
le soldat. Le père le lui
a interdit. *On ne
contredit pas un angle droit*

Mon Dieu, que ton monde est sale et que ton
soleil brille

Sur le sol, une paire de lunettes
abandonnée à son mystère

On nous a foutus dehors en pleine nuit. Nos yeux sont des
cris qui brillent à peine

Le bras en l'air, un mort essaie
de me piquer mon pain

Il demandait juste la place de
vivre. *Ce n'est*
pas un grand luxe,
tout de même !

Sur les toits, les cheminées sont muettes. *Ces crétins ont peur que la fumée gèle, on m'a dit !*

Ignare comme un nazi citant Goethe

Deux vieilles bouches sur un banc salivent quelques
mots sur le passé

D'un mort la gueule ouverte. Au fond,
baigne un dernier bol d'air

Je voyais l'avenir dans le rond noir de ma bouche

L'âme au chaud dans la casquette

Le pauvre était si courbé devant cette
ordure. Ses vertèbres lui déchiraient
le dos

Quelquefois j'ai
séjourné des heures, perdu dans la
cartographie des taches de mon vieux manteau

Une
montagne de valises hésitait à
se casser la gueule

Une nouvelle cargaison de vieillards. Ordre aux
infirmières de se charger des moins morts

Il a penché sa tête pour regarder dans la marmite.
Sa bouche s'ouvrait en grand ralenti

Tous nos yeux à l'infini creusant la même question

En se réveillant, il s'est ébroué entre deux morts. Juste pour être
sûr qu'il était encore là

Et il faut survivre. Ici. Dans
cette brocante
perpétuelle

Puisque le violon est là, je m'absorbe dans la
grammaire de son archet

Dans le grenier,
les vêtements pendent comme
des chauve-souris

Le vent souffle un charbon de tristesse
sur l'indifférence des toits

Il a montré l'argument de ses mains vides

Nu dans la chair des vêtements

Rabbin, et Dieu ?

Je l'ai aimée à peine avant son visage

La charcuterie de ses pieds, deux petits
tas d'abats

Il s'est avachi dans un rire

Ses dents sales, recouvertes d'algues

Ils ont foutu la grand-mère dans un coin
pour l'oublier avec l'ombre

Les hommes, ces morceaux empaquetés

Je l'ai serrée dans la lucidité de mes bras pour la réveiller de notre amour impossible

Il a léché sa cuillère, il l'a
sucée, il l'a regardée en se
demandant si ça ne vaudrait
pas le coup de l'avaler

Dieu devait avoir les poches trouées

Il a tremblé la casserole jusqu'aux
lèvres de son fils

Et malgré tout, le printemps, l'éclaircie

Les vieilles, ces couvertures qui marchent

Ce cruel connard qui joue à l'empereur, son pot de chambre sur la tête

Elle a des lèvres à
interrompre toute la
littérature

C'était celle qui ne partait pas qui pleurait

Il a embrassé le fond de sa gamelle

Du balcon, le ciel était encore plus haut

Les morts débraillés

Les mots ne veulent plus

Ici on attend vers le bas

Il pleut. On leur a dit que ça irait plus vite s'ils grimpaient
dans le corbillard

Elles étaient monstrueuses. Ses
chaussures étaient en train de le
digérer

Il m'a craché un regard

La vie à nous tordre la vie toute la vie,
comme les doigts de pied de ce grand-père

La bouche qui pend de sa
casquette

Garde à vous ! Le poids de la mort bien calée sur l'os de
l'épaule

Et encore de nouveaux ordres dans cette articulation de métronome

C'est le cri qui fait chuter

J'ai baissé la tête pour ne pas que mes yeux se
décollent

La vie, ce présent qui consiste à exister

Table